23 Novembre 1885

N: 208 tableau
99P

Collection de M. L. M***

VENTE APRÈS DÉCÈS

COMMISSAIRE-PRISEUR	EXPERT
Mᵉ Henri LECHAT	M. E. VANNES
6, rue Baudin, 6.	54, Faubourg-Montmartre, 54.

CATALOGUE

DE LA

COLLECTION DE M. L. M***

Marbres et Bois sculptés des XIVe, XVe siècles

ET DE LA RENAISSANCE

Reliquaires — Retables — Chemins de croix

MEUBLES ANCIENS

Crédences, Meubles à deux corps, Cabinets, Tables, Sièges
Pendules Louis XIII, Louis XIV et Louis XV

Très beau Retable du XVe siècle, à volets peints

Porcelaines et Faïences anciennes — Verres de Venise — Vitraux
Médailles — Monnaies

OBJETS DE VITRINE

Émaux de Limoges — Bois sculptés — Miniatures

NOMBREUX IVOIRES GOTHIQUES ET RENAISSANCE

TABLEAUX — DESSINS — GRAVURES

Des Écoles française, allemande et hollandaise

TAPISSERIES — LIVRES

DONT LA VENTE AURA LIEU PAR SUITE DE DÉCÈS

HOTEL DROUOT, SALLE No 6

Le Lundi 23 Novembre 1885

A DEUX HEURES

Me Henri LECHAT
COMMISSAIRE-PRISEUR
6, rue Baudin, 6

M. VANNES
EXPERT
54, Faubourg-Montmartre, 54

Chez lesquels se distribue le Catalogue.

EXPOSITION PUBLIQUE

Le Dimanche 22 Novembre 1885

DE 2 HEURES A 5 HEURES

CONDITIONS DE LA VENTE

Elle sera faite au comptant.

Les Acquéreurs paieront CINQ POUR CENT en sus des enchères, applicables aux frais de vente.

L'exposition mettant le public à même de se rendre compte de l'état des objets, il ne sera admis aucune réclamation une fois l'adjudication prononcée.

Paris. — Imp. de l'Art, E. MÉNARD et J. AUGRY, 41, rue de la Victoire.

DÉSIGNATION DES OBJETS

MEUBLES

1 — Meuble à deux corps à quatre vantaux, à tiroirs et à fronton portant la date de 1609, en noyer et marqueterie.

2 — Autre meuble à deux corps, dans le goût de la Renaissance, à colonnettes et têtes de mascarons.

3 — Meuble crédence, dans le goût du XVe siècle, à deux portes sculptées de personnages.

4 — Petit meuble de forme carrée, style de la Renaissance, à un vantail et un tiroir.

5 — Table style Renaissance, reposant sur colonnettes tournées et pieds sculptés de feuilles d'acanthe.

6 — Crédence Renaissance en noyer à deux corps,

à quatre vantaux, ornée de mascarons, de sculptures assez fines, de volutes et de tête d'ange.

7 — Meuble à hauteur d'appui en chêne à pans coupés, ornés de panneaux formant portes surmontés de têtes d'anges, à deux tiroirs, reposant sur pieds de forme boule.

8 — Crédence style Renaissance, sur colonnettes sculptées et cannelées, la partie supérieure est à quatre colonnettes engagées, à fronton sculpté d'acanthes et ornée d'une statuette de guerrier, de deux vantaux à personnages et de tiroirs à mufles de lions.

9 — Table de style Renaissance à tiroir, sur colonnettes tournées, sculptées, encadrées d'un soubassement à moulures.

10 — Petite table style du XVIe siècle, montée sur colonnettes et entre-deux tournés, le tiroir est orné d'une tête d'ange et d'hippogriphes ainsi que les côtés.

11 — Autre table Renaissance, montée sur six colonnettes cannelées et torses, les bords sont marquetés.

12 — Deux escabeaux sur pieds droits à cannelures, les dossiers sont ornés de dauphins et d'écussons soutenus par des lions.

13 — Escabeau à pieds tournés, le dossier est orné d'une tête de Gorgone, et sculpté de têtes d'anges en volutes.

14 — Chaise de la Renaissance à pieds droits et entre-deux sculpté, dossier à écusson et à montants terminé par des têtes de femmes.

15 — Chaise Renaissance, couverte en cuir de Cordoue, à pieds et entre-deux torses.

16 — Petite glace d'époque Louis XV, à cadre doré en bois sculpté.

17 — Glace italienne d'époque Louis XIII, cadre en bois sculpté et doré, surmonté d'un fronton à anges et rinceaux.

18 — Petit cabinet italien en ébène incrusté d'ivoire gravé. XVIe siècle.

19 — Glace d'époque Louis XIII.

BOIS SCULPTÉS

20 — La Mise au tombeau, fragment de retable du XVe siècle, douze personnages.

21 — La Décollation de saint Jean-Baptiste, Héro-

diade présente la tête du saint à ses convives attablés au fond et à gauche; fragment de retable du xve siècle. Travail allemand.

22 — Saint Joachim et sainte Anne, fragment de retable, fin du xve siècle.

23 — Piéta : la Vierge soutenant le corps de son divin fils.

24 — Fragment de Chemin de croix : sainte Véronique essuie le visage de Jésus.

25 — Autre fragment : Jésus est crucifié entre les deux larrons.

26 — Groupe de deux saints dont l'un est debout et l'autre en prière, en costumes du xve siècle, avec traces de dorures.

27 — Saint Joseph et la Vierge en adoration devant Jésus. Travail allemand du xvie siècle.

28 — Petit groupe formé de : Jésus, la Vierge et sainte Anne.

29 — Saint Jean portant l'agneau, fragment du xvie siècle.

30 — Fragment de retable du XVe siècle : une femme porte au tombeau un vase de parfums.

31 — Jésus sort du tombeau devant les gardes endormis. XVe siècle.

32 — Statuette de saint Jérôme se frappant la poitrine avec une pierre.

33 — Petit triptyque espagnol du XVIe siècle; au centre, Marie est bénie par Dieu le père; sur les volets, statuettes de saint François et de sainte Catherine.

34 — Fragment de Chemin de croix : l'Annonciation.

35 — Deux statuettes, bois sculpté. Travail suisse.

36 — Très beau retable en bois sculpté, peint et doré, à volets peints intérieurement, de scènes évangéliques; sur le volet droit, l'Adoration et la Présentation; sur le côté gauche, la Fuite en Égypte. Extérieurement, sont les portraits des donateurs et de leur famille. L'intérieur de ce retable représente l'Arrivée des mages et l'Adoration. Très beau travail allemand de la fin du XVe siècle. Vient de la vente *Germeau*.

37 — Boite à épices sculptée de rosaces et ornée de sa petite serrure du temps..

PIERRES SCULPTÉES

38 — Bas-relief en pierre représentant, sur fond bleu fleurdelisé, le portrait de Marie Stuart; on voit les initiales F. M. et la date 1558.

39 — Femme agenouillée et en prières. Travail du XVIe siècle.

40 — Statuette de saint Jacques, le saint tient un livre et une coquille de pèlerin. Travail espagnol du XVIe siècle.

41 — Petit bas-relief représentant Jésus au Jardin des Oliviers.

42 — Statuette en albâtre de saint Barthélemy. Fin du XIVe siècle.

43 — Terre cuite.

44 — Buste d'empereur romain.

45 — Trois statuettes en terre cuite, de *Graillon*.

FAIENCES ET PORCELAINES

46 — Deux vases en porcelaine soutenus par des anges, décor à fleurs.

47 — Pinte en grès de Flandre à couvercle d'étain. XVIe siècle.

48 — Pichet en vieux Rouen, à anse et couvercle, décor à médaillons et portant à la base : Joseph Dennoüette, 1784.

49 — Deux cornets en porcelaine de Chine.

50 — Petite théière en faïence italienne de Castelli.

51 — Deux petits pots en grès de Flandre du XVIe siècle, à couvercles en étain.

52 — Autre pot du XVIe siècle, en grès de Flandre, à étoiles et couvercle d'étain.

53 — Deux vases de pharmacie en ancienne faïence italienne, à anses torsadées et ornées d'écussons sur la face.

54 — Jolie bouteille à col allongé en vieux Rouen, décor bleu sur blanc.

55 — Petite potiche à couvercle, en vieux Chine.

56 — Vase de fabrication italienne orné d'un médaillon à deux personnages et de l'inscription S. P. Q. R.

57 — Théière en ancienne porcelaine de Vienne, décor à bouquet.

58 — Bannette en vieux Rouen.

59 — Coupe en faïence italienne à deux anses et têtes de mascarons, le décor intérieur représente le triomphe d'Amphitrite. Fabrique de Faenza.

60 — Deux bols à anses, vieux Rouen.

61 — Ravier, vieux Rouen.

62 — Tasse en vieux Delft.

63 — Assiette en vieux Nevers portant l'inscription : Louis Dagron, 1782.

64 — Plat en vieux Delft, décoré en bleu de personnages.

65 — Plat en vieux Delft polychrome.

66 — Plat hispano-arabe à reflets métalliques.

67 — Autre plat hispano-arabe à décor bleu et reflets métalliques et à ombilic.

68 — Plat en majolique allemande décoré d'un guerrier tenant un étendard écussonné.

69 — Assiette en vieux Rouen à bords chantournés, décor à la corbeille de fleurs.

70 — Petite plaque chantournée en vieux Delft.

71 — Assiette en vieux Nevers à deux personnages.

72 — Assiette, vieille faïence écussonnée, portant la date 1653.

73 — Plaque en faïence du Midi représentant le Martyre de saint Étienne, datée 1641.

ÉMAUX DE LIMOGES

74 — Reliquaire en émail champlevé; sur les côtés : deux statuettes de saint; sur l'une des faces : la Lapidation; au sommet : petite galerie ajourée surmontée de trois boules. Travail dans le goût du XIVe siècle.

75 — Plaquette en émail de Limoges du XVIe siècle : Suzanne et les Vieillards.

76 — Grisaille : la Fuite en Égypte

77 — Plaque en émail de Limoges : la Nativité.

78 — Autre plaque : la Mise au tombeau.

79 — Plaque hexagonale, représentant un chartreux agenouillé et offrant à un dominicain crossé le produit de sa pêche. Bel émail portant au revers : *Laudin, émailleur à Limoges.*

IVOIRES ET OBJETS DE VITRINE

80 — La Vierge portant l'Enfant Jésus (XIVe siècle). Vient de la collection Germeau.

81 — Diptyque : chaque volet est divisé en trois compartiments représentant divers épisodes de la Passion de Jésus. Travail du XIVe siècle. Vient de la collection Lefouleur.

82 — Bas-relief : Combat de guerriers du XVIe siècle. Vient de la collection Lefouleur.

83 — Fragment du XVe siècle : le Christ en croix et personnages bibliques.

84 — Fragment de coffret du XVe siècle : trois personnages.

85 — Pomme de canne en Saint-Cloud.

86 — Plaque de bénitier représentant Jésus crucifié et entouré de la Vierge, de Madeleine, Marthe et saint Jean. Les attributs de la Passion : le coq, le soleil et la lune, se détachent en fine sculpture sur le fond orné de fleurettes. Très fin travail du temps de Louis XV.

87 — Plaque ronde sculptée en bas-relief : le Départ pour la chasse au faucon. Beau travail du XIIIe siècle.

88 — Plaquette de coffret représentant l'Annonciation et la Visitation. Ivoire du XIIe siècle.

89 — Diptyque du XVe siècle : l'Adoration des Mages et le Christ en croix.

90 — Autre diptyque du XVe siècle, plus petit que le précédent.

91 — Plaquette ronde représentant la Vierge, sainte Catherine et sainte Marthe.

92 — Plaquette : Jésus entouré de soldats.

93 — Plaquette du XVe siècle : Jésus dans l'étable.

94 — Plaquette de coffret : Scène de la Passion.

95 — Plaquette : le Christ en croix, Marie et saint Jean.

96 — Couteau et fourchette montés de deux statuettes de Pêcheurs polletais. Travail du temps de Louis XIII.

97 — Deux statuettes : l'une d'Amour, l'autre d'Enfant nu portant les attributs du jardinage. Époque de Louis XIV.

98 — Ivoire Louis XIII : Enfant nu tenant une boule.

99 — Poignard d'époque Renaissance, sculpté sur une face et en relief : l'Amour et la Vérité ; et sur l'autre face, de la statuette de Pallas. Les quillons sont formés de têtes de chimères ; au-dessus, une statuette de Femme nue avec tête de mascaron.

100 — Statuette d'Arquebusier chargeant son arme.

101 — Petit couteau orné d'une statuette de Chasseur de faucon en costume du temps de Louis XIII.

102 — Figurine de saint Georges terrassant un monstre ailé.

103 — Fragment de bénitier de forme ovée, orné

de trois statuettes enguirlandées et d'une tête de mascaron. Travail en relief d'époque Louis XIV.

104 — Cuiller et fourchette réunies, à manche articulé et orné, au sommet, d'une statuette de la Vierge. Époque fin Louis XIII.

105 — Petit médaillon : l'Amour offrant la pomme à Vénus.

106 — Statuette de Guerrier en costume Henri II.

107 — Cuiller et fourchette ornées de têtes de mascarons et terminées par des statuettes. Très fin travail du temps de Louis XIV.

108 — Coquille de dague sculptée d'une Chasse au cerf.

109 — Canif surmonté d'une statuette de Pallas, dont le bouclier porte quelques traces de dorure. Vient de la collection Jacquinot-Godard.

110 — Canif-grattoir représentant une statuette de Guerrier romain casqué. Vient de la collection Jacquinot-Godard.

111 — Poignard à quillons droits, le manche est formé de trois statuettes allégoriques d'un travail primitif.

112 — Pièce d'échiquier : cavalier à cheval. Travail allemand.

113 — Buste, sur pied en marbre, de la reine Christine de Suède. Fin travail du XVIIe siècle.

114 — Joli poignard à lame damasquinée et dorée, à quillons arqués, et surmonté d'une fine statuette de Femme. Beau travail de la Renaissance.

115 — Petit dé à jouer formé par un grotesque.

116 — Statuette en pied d'un Guerrier romain. XVIIe siècle.

117 — Statuette de Cérès sur socle en métal. Fin du XVIIe siècle.

118 — Deux couteaux : l'un terminé par une statuette de Femme nue ; l'autre par une tête et mascaron.

119 — Chèvre finement exécutée.

120 — Groupe de deux personnages nus et enlacés. Vient de la collection Sauvageot.

121 — Vierge tenant l'Enfant Jésus. Travail chinois primitif.

122 — Petite bonbonnière à sujet : Vénus et l'Amour.

123 — Cachet formé par une statuette de Faune.

124 — Deux statuettes : l'une de Pêcheuse, l'autre de Saint Joseph.

125 — Plaquette en biscuit : portrait de femme.

PETITS BOIS SCULPTÉS

126 — Statuette équestre de Saint Georges terrassant le dragon.

127 — Eustache en bois finement sculpté, d'époque Renaissance. Vient de la collection Lecarpentier.

128 — Couteau; au sommet du manche est sculpté le Sacrifice d'Abraham. Époque de Louis XIII.

129 — Joli flacon en buis, finement sculpté de têtes de femmes et de rinceaux. Époque de Louis XIII.

130 — Statuette d'Amour provenant d'un manche de viole. Époque de Louis XV. Vient de la collection Lecarpentier.

131 — Beau peigne en buis sculpté et repercé de rosaces dans le style gothique, portant sur la face postérieure une devise. Très remarquable. Travail allemand du xve siècle.

132 — Couvercle de râpe à tabac, en buis sculpté finement de rinceaux et de feuillages, et portant au centre le portrait en médaillon du roi Louis XIV.

BIJOUX

133 — Perle baroque montée sur un lézard en or émaillé.

134 — Petit médaillon carré en or.

135 — Cachet formé d'une intaille surmontée d'une tête de nègre ornée de rubis et de petites roses. Vient de la vente Roux.

136 — Petite croix d'époque Louis XIII, en forme d'ancre.

137 — Autre croix, même époque, en vermeil, ornée de quatre rubis.

138 — Deux bagues d'époque Louis XIII.

MINIATURES

139 — Deux médaillons sur velours : portraits de femmes.

140 — Petite peinture sur bois : Scènes de la Passion.

141 — Peinture sur bois de forme ovale : la Vierge et l'Enfant Jésus. xve siècle.

142 — Petit Portrait de seigneur Louis XIII; cadre bois doré.

143 — Médaillon ovale : Portrait d'une dame allemande.

144 — Deux peintures sur cuivre : deux Portraits de seigneurs du temps de Louis XIII.

145 — Deux autres à sujets saints.

146 — Petit cadre ovale en bois sculpté.

147 — Portrait à l'huile, sur bois, d'une dame du temps de Henri IV.

OBJETS EN MÉTAL

148 — Belle arbalète à cric, en ébène incrusté d'ivoire gravé de sujets de chasse. Travail de la Renaissance allemande.

149 — Cuiller et fourchette en argent ciselé de mascarons, et terminée par une statuette de Romain. Époque Louis XIII.

150 — Couteau et fourchette en fer, les manches sont en ivoire teinté.

151 — Petit gobelet en argent ciselé, sur pied forme boule. Époque de Louis XIII.

152 — Très belle médaille dorée du xve siècle, portant d'un côté l'effigie de Louis XII sur fond fleurdelisé, et, de l'autre côté, l'effigie d'Anne de Bretagne. Cette pièce a été frappée à Lyon en 1499 en l'honneur de leur mariage.

153 — Médaillon ovale, représentant Henri IV.

154 — Médaille : Marie de Navarre.

155 — Médaille : François Ier.

156 — Médaille : Alexandre VI Borgia.

157 — Médaille commémorative du mariage de Louis XVI.

158 — Plat en étain à ombilic, et portant au revers le portrait de François Briot. xvie siècle.

159 — Petite pendule en cuivre à colonnettes carrées et engagées, les quatre faces gravées dans le goût de Louis XIII.

160 — Plaque en plomb : l'Archange saint Michel. Renaissance.

161 — Statuette de Vénus sortant de l'onde, à ses pieds un dauphin.

162 — Clochette en bronze, surmontée d'une statuette.

163 — Petit vase en bronze sur trois pieds.

164 — Petit buste de femme, en bronze.

165 — Statuette d'Éphèbe, en bronze.

166 — Lustre hollandais à six lumières.

167 — Paire de flambeaux en cuivre.

168 — Statuette d'Amour, sur socle en marbre.

169 — Statuette d'Amour, sur fût en bronze. Époque Empire.

170 — Monnaies diverses.

171 — Pendule dite religieuse, en bois de poirier, à sonnerie de demies et de quarts.

172 — Pendule sur socle en boule, d'époque Louis XIV, à cariatides.

173 — Deux plaques en étain repoussé.

VERRES

174 — Neuf verres et coupes de Venise.

175 — Pot en verre de Venise craquelé.

176 — Vase en verre de Venise bleu, les anses sont formées de deux lions.

177 — Autre vase en Venise bleu, à côtes et de forme baroque.

178 — Petite cruche à goulot en Venise.

179 — Verre de Bohême gravé.

180 — Burette en verre de Venise.

181 — Quatre pièces diverses.

VITRAUX

182 — Guerrier tenant le drapeau de la Confédération suisse. XVIe siècle.

183 — Cavalier, avec inscription circulaire. Vitrail suisse du XVIe siècle.

184 — Hercule terrassant le lion de Numidie. Fin du XVIe siècle.

185 — Guerrier suisse portant un étendard symbolique; au fond, l'ours de Berne semble fuir. Vitrail du XVIe siècle.

186 — Trois Guerriers suisses. XVIIIe siècle.

187 — Petit vitrail, Femme tenant une plume.

188 — Vitrail encadré, à quatre personnages, avec inscription et date 1570.

189 — Vitrail en grisaille, un Saint armé d'une épée.

190 — Vitrail en grisaille, Jésus crucifié et Jésus au milieu des docteurs.

191 — Fragments de forme ovale. XVIe siècle.

192 — Médaillons ovales : l'Argentier, la Vendange et Femme.

193 — Fragment, daté 1579.

194 — Vitrail de forme carrée, le Marchand.

TABLEAUX

MEULEN

(Genre de VAN DER)

195 — *Épisode de guerre.*

Grand panneau.

Au premier plan, des soldats à cheval et des paysans ; au fond, un camp retranché.

ÉCOLE ALLEMANDE

196 — *Portrait de l'empereur Charles-Quint.*

Cadre d'ébène.

Vient du cabinet du marquis de Soyecourt.

CRANACH

(École de LUCAS)

197 — *Portrait d'homme.*

Sur bois, cadre d'ébène.

198 — *Portrait de femme néerlandaise.*

Détails de costumes intéressants.

ÉCOLE FLAMANDE

199 — *Tableau de fleurs. XVIIe siècle.*

200 — *Tête d'étude.*

201 — *Tête d'étude.*

202 — *Fragment de retable du XVIe siècle, à six personnages,*

203 — *La Nativité.*

Tableau sur bois. Très intéressant dans ses détails.

204 — *Intérieur d'un marchand.*

Panneau sur bois.

205 — *La Vierge et l'Enfant Jésus.*

Sur fond doré. Cadre en bois sculpté.

206 — *La Tentation de saint Antoine.*

207 — *Portrait de dame.*

Cadre noir ancien.

ÉCOLE FRANÇAISE

208 — *Portrait supposé de Leduchat.*

209 — *Le Massacre des Innocents.*

ÉCOLE DU XVIIe SIÈCLE

210 — *Portrait de femme du temps de Louis XIII.*

211 — *Portrait de femme du temps de Louis XIV.*

212 — *Portrait de femme. Époque Louis XV.*

213 — *Portrait de femme du temps de Louis XVI.*

214 — *Intérieur d'église; genre de Granet.*

215 — *Portrait de femme.*

Étude.

216 — *François Ier, d'après le Titien.*

217 — *Daphnis et Chloé, d'après Voilemot.*

DESSINS ET GRAVURES

218 — Chevalier Lesly. — *Portrait de seigneur du XVIIe siècle.*

Dessin en couleur.

Cadre du temps. Genre de Boule.

219 — Lépicié. — *Tête de jeune homme.*

Au pastel. Cadre ovale.

220 — *Portrait de seigneur.*

École de Clouet.

221 — *Portrait de Henri II.*

Cadre en écaille et ébène.

222 — *Vue de Notre-Dame de Boulogne.*

Cadre genre Bagard.

223 — *Reproduction d'après Lucas de Leyde.*

Cadre en bois sculpté.

224 — *Portrait de seigneur italien.*

Cadre bois sculpté.

225 — *Anne d'Autriche, d'après Rubens.*

Cadre ancien.

226 — *La Femme de Rembrandt.*

Reproduction. Cadre ancien.

227 — Médaillon ovale ancien, contenant deux portraits d'Henri IV.

228 — *Portrait du dauphin.*

Gravure.

229 — *Jugement dernier, d'après Michel-Ange.*

Cadre ancien.

230 — *La Cathédrale d'Anvers.*

Cadre ancien.

231 — Cinq gravures hollandaises dans un cadre ancien.

232 — Trois gravures hollandaises dans un cadre ancien redoré.

233 — Quatre gravures diverses, cadre ancien.

234 — *Portrait de Henri III.*

Cadre ancien.

235 — *Feuillet d'Antiphonaire, en miniature du XVIe siècle.*

Beau cadre sculpté ancien.

236 — *Vue du Pont Neuf.*

Gravure sous verre.

237 — *Le Jardin d'amour.*

238 — *Portrait d'homme.*

Cadre ancien.

239 — Vingt-cinq gravures, diverses écoles. Sous verre.

240 — *Le Mendiant et l'enfant, d'après Boissieu.*

ROBBÉ

241 — *Buffle poursuivi par des chiens.*

LIVRES

242 — Furetière, 1727. Dictionnaire en quatre volumes, reliure du temps.

243 — Trois volumes du XVIIe siècle, reliés en parchemin.

244 — *Histoire de Louis le Grand*, reliure fleurdelisée.

245 — Médailles de Louis XIV, incomplet.

246 — Robert Étienne. Dictionnaire latin-français. un volume incomplet.

TAPISSERIES

247 — Grand médaillon ovale, en tapisserie au petit point de Saint-Cyr, représentant un sujet allégorique avec la devise : *Ratione actiones temperantur*. Époque Louis XIV.

248 — Morceau carré, à saints personnages, formé de fragments de dalmatiques.

249 — Panneau, verdure.

250 — Panneau, verdure.

251 — Belle coupe en porcelaine de Sèvres, décorée en or sur gros bleu, d'arabesques et rinceaux.

252 — Statuette en porcelaine de Sèvres : Chasseresse étendue, tenant d'une main un arc, et de l'autre un oiseau tué.

253 — Pendule d'époque Louis XVI, en bois peint, dans le genre de Martin, et doré, surmontée d'une coupe ; à gauche, un amour, accoté sur un fût cannelé, semble dormir.

254 — Panneau en gros de Lyon, à fond bleu clair semé de fleurs de lis, d'L couronnés, et orné au centre d'un écusson.

www.ingramcontent.com/pod-product-compliance
Ingram Content Group UK Ltd.
Pitfield, Milton Keynes, MK11 3LW, UK
UKHW022006260726
13994UKWH00004B/1967

9 782329 419244